Bartolomeu Campos de Queirós

Ilustrações
Anelise Zimmermann

São Paulo
2023

© Jefferson L. Alves e Richard A. Alves, 2022

2ª Edição, Global Editora, São Paulo 2023

Jefferson L. Alves – diretor editorial
Flávio Samuel – gerente de produção
Jefferson Campos – assistente de produção
Juliana Tomasello – coordenadora editorial
Amanda Meneguete – assistente editorial
Giovana Sobral – revisão
Anelise Zimmermann – projeto gráfico e ilustrações
Danilo David – diagramação

Dados Internacionais de Catalogação na Publicação (CIP)
(Câmara Brasileira do Livro, SP, Brasil)

Queirós, Bartolomeu Campos de, 1944-2012
    O gato / Bartolomeu Campos de Queirós ; projeto gráfico e ilustrações de Anelise Zimmermann. – 2. ed. – São Paulo, SP : Global Editora, 2023.

    ISBN 978-65-5612-420-9

    1. Literatura infantojuvenil I. Zimmermann, Anelise. II. Título.

22-135218   CDD-028.5

Índices para catálogo sistemático:
1. Literatura infantil   028.5
2. Literatura infantojuvenil   028.5

Eliete Marques da Silva - Bibliotecária - CRB-8/9380

Obra atualizada conforme o
NOVO ACORDO ORTOGRÁFICO DA LÍNGUA PORTUGUESA

Global Editora e Distribuidora Ltda.
Rua Pirapitingui, 111 – Liberdade
CEP 01508-020 – São Paulo – SP
Tel.: (11) 3277-7999
e-mail: global@globaleditora.com.br

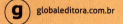 globaleditora.com.br   @globaleditora

 /globaleditora   @globaleditora

 /globaleditora   /globaleditora

 blog.grupoeditorialglobal.com.br

 Direitos reservados.
Colabore com a produção científica e cultural.
Proibida a reprodução total ou parcial desta
obra sem a autorização do editor.

Nº de Catálogo: **4485**

"As palavras sabem
muito mais longe."

Bartolomeu Campos de Queirós

Naquela noite o Gato
ocupou a janela.

Aninhou-se entre seus pelos
e seus abraços.

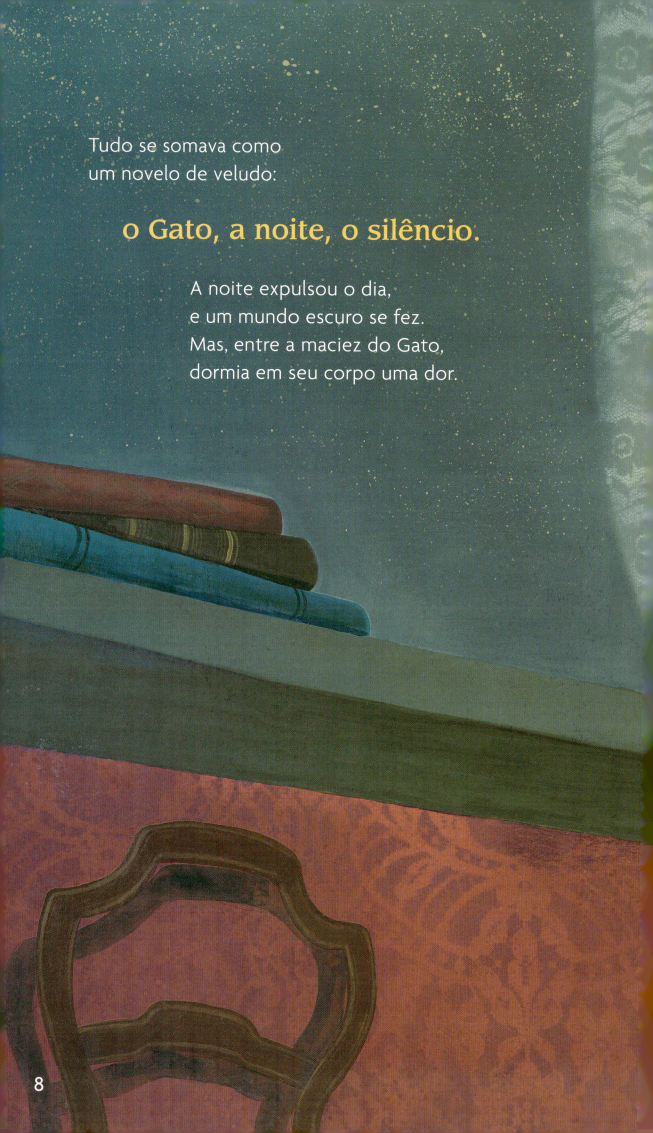

Tudo se somava como
um novelo de veludo:

o Gato, a noite, o silêncio.

A noite expulsou o dia,
e um mundo escuro se fez.
Mas, entre a maciez do Gato,
dormia em seu corpo uma dor.

– Todo escuro faz bem
ao coração — ele ronronava.

O sossego invadia
o pensamento do Gato
e lhe trazia o medo.

**Medo de dormir
e não acordar
nunca mais.**

Fazia muito que o Gato enrolava
sua vida como um novelo.
Já possuía um fio longo de vida
capaz de tecer redes
para todos os pescadores,
fios para todos os anzóis,
malhas para todos os frios.

**E o Gato tecia e mais tecia,
sem trégua, fio e mais fio.**

Mesmo entre trevas
o Gato não deixava de urdir.
Daí seu cansaço naquela
mais uma noite.

No meio do escuro
uma Lua respirava no céu da noite,
lutando para não apagar a luz do mundo.

"Eu preciso de uma fatia
de claridade para suportar a noite",
pensava a Lua.

"No escuro definitivo não se tem caminho.
Não se encontra o Norte ou o Sul.
No definitivo escuro não se têm
portas ou janelas. E como Lua,
necessito de fresta para pisar na terra."

Banhando a paisagem de luz morna de prata,
foi a Lua quem perguntou:

– **Por que não dorme, Gato?**

Já é noite alta e você ainda se equilibra
na beira da janela, entre o abismo e o céu.
Olha para mim com perguntas.
Com mais uma queda, vai-se mais uma vida.
Desconheço quantas vidas ainda lhe restam.
São tantos gatos no mundo que fica impossível
subtrair todas as vidas. Sei apenas que
cada gato vive sete vidas.

– Estou entre abismo e céu, mas sem escolha. **Não tenho asas** – respondeu o Gato.

– Isso significa jamais poder subir ao céu.
Sem asas, só posso mergulhar na terra.
Sobre as minhas sete vidas, não sei quantas
eu vivi. Foram muitas. Estou sempre me
enganando ao afirmar que resta mais uma.
O medo me faz mentir. O medo nos serve
para inventar esperanças.

Naquela noite, Gato e Lua
se amaram em desmedido silêncio.

**O Gato amarrado a si mesmo
e a Lua tentando manter o luar.**

Na outra noite o Gato enroscou-se na janela,
antes da madrugada. Novamente coberto por
seu veludo, esperou pela Lua.

E sua claridade veio
de mansinho

percorrendo as montanhas
e penteando as escamas dos peixes
no abismo das águas.

"A Lua vem devagar,
sem pressa de se mostrar", ele pensou.

"Ela se parece com os gatos
que bem convivem
com a solidão."

O Gato fechou na palma das mãos
as garras para confessar-se à Lua:

– Minha primeira morte
foi ao nascer.

Sem ainda abrir os olhos, eu procurava o leite.
Ninguém me preveniu que se nasce com fome.
Vim ao mundo tendo como primeiro desejo matar
a fome. Para viver, era necessário consumir.

Mas a minha primeira morte,
bem me lembro, não foi de fome,
foi de **solidão.**

Sofria de solidão cada vez
que minha mãe me abandonava
e vagava sobre os telhados miando
mais solidão. Tanto eu como ela
possuíamos a solidão como ofício.
Só, no ninho, ainda sem abrir os olhos,
me senti desamado.
Sonhava ter uma mãe
para sempre ao meu lado.

– Ah! Gato,
   eu não tenho sete vidas.

Mas, de sete em sete dias,
tenho que nascer e morrer.
É o que todos esperam de mim.
Nada é mais vazio do que viver
sendo o que o outro deseja.
Morro da mesma morte e sempre
tenho que renascer da mesma vida.
Em cada semana exerço
um nascimento e uma despedida.
Eu me mato e me ressuscito.

Gostaria de morrer de outras penas
e nascer de outros voos.

Ouviu-se naquela noite
um forte vento varrendo as nuvens
sem levantar poeira.

O vento soprou a noite
e mais um dia se fez:

Gato e Lua se somaram,
sem choro,
para tecer uma outra rede.

Na outra noite, foi a Lua que não veio.
O Gato, sobre a janela, espiava o céu.
Sabia que havia Lua por causa do luar
que acariciava a noite, mas ela não apareceu.

O Gato não falou.

Lambeu o luar que a Lua depositava
em seu pelo. O rosto da Lua só existia em seu pensamento.
Mas o Gato não matou a saudade.
Ele compreendeu que a saudade
não se mata como a fome.

**Saudade era
para ser cultivada,
amada.**

"Sentimos saudade do que foi precioso",

o Gato pensou e dormiu.

Bartolomeu Campos de Queirós

Nasceu em 1944 no centro-oeste mineiro e passou sua infância em Papagaio, "cidade com gosto de laranja-serra-d'água", antes de se instalar em Belo Horizonte, onde dedicou seu tempo a ler e escrever prosa, poesia e ensaios sobre literatura, educação e filosofia. Considerava-se um andarilho, conhecendo e apreciando cores, cheiros, sabores e sentidos por onde passava. Bartolomeu só fazia o que gostava, não cumpria compromissos sociais nem tarefas que não lhe pareciam substanciais. "Um dia faço-me cigano, no outro voo com os pássaros, no terceiro sou cavaleiro das sete luas para num quarto desejar-me marinheiro."

Traduzido em diversas línguas, Bartolomeu recebeu significativos prêmios, nacionais e internacionais, tendo feito parte do Movimento por um Brasil Literário. Faleceu em 2012, deixando sua obra com mais de 60 títulos publicados como maior legado. Sua obra completa passou a ser publicada pela Global Editora, que assim fortalece a contribuição desse importante autor para a literatura brasileira.

Anelise Zimmermann

É gaúcha, nascida em Santo Ângelo (RS), cidade na qual, à noite, o céu se desenha de estrelas e a Lua ilumina longe. Para ilustrar este livro, pesquisou sobre Bartolomeu Campos de Queirós e encontrou outras histórias que aqui se misturam.

É doutora em Design (UFPE) com pesquisa voltada ao ensino do desenho, mestre em Artes Visuais (Udesc) com estudos sobre ilustração de livros infantis e graduada em Programação Visual (UFSM). Dentro da área de ilustração de livros infantis, estudou na Central Saint Martin College of Arts (Reino Unido) e na Scuola Internazionale d'Illustrazione di Sàrmede (Itália).

Além de ilustrar livros, é professora do curso de Design da Udesc em Florianópolis.